JN245253

こども哲学

しあわせって、なに？

この本の計画をそだててくれた世界中の学校、
「クラスで哲学する」冒険にとびこんでくれた先生たち、
それから、ことばに意味と力づよさを取りもどさせてくれた子どもたち、
みなさん、どうもありがとう！
それから、この本に力をかしてくれたみんな、
ジェローム・ルコック、レイラ・ミロン、サンドリーヌ・テヴネ、
イザベル・ミロン、ヴィクトリア・チェルネンコにも、
こころからのお礼を。

Édition originale : “LE BONHEUR, C’ EST QUOI ?”
Texte de Oscar Brenifier
Dessins de Catherine Meurisse
© 2007. by Éditions Nathan - Paris, France.

This book is published in Japan by arrangement with NATHAN / SEJER, through le Bureau des Copyrights Français, Tokyo.

こども哲学

しあわせ
って、なに？

文：オスカー・ブルニフィエ
絵：カトリーヌ・ムリス
訳：西宮かおり

日本版監修：重松清

朝日出版社

何か質問はありますか？
なぜ質問をするのでしょう？

こどもたちのあたまのなかは、いつも疑問でいっぱいです。
何をみても何をきいても、つぎつぎ疑問がわいてきます。とてもだいじな疑問もあります。
そんな疑問をなげかけられたとき、わたしたちはどうすればいいのでしょう？
親として、それに答えるべきでしょうか？
でもなぜ、わたしたちおとなが、こどもにかわって答えをだすのでしょう？

おとなの答えなどいらない、というわけではありません。
こどもが答えをさがす道のりで、おとなの意見が道しるべとなることもあるでしょう。
けれど、自分のあたまで考えることも必要です。
答えを追いかけ、自分の力であらたな道をひらいてゆくうちに、
こどもたちは、自分のことを自分で決める判断力と責任感とを身につけてゆくのです。

この本では、ひとつの問いに、いくつもの答えがだされます。
わかりきったことのように思われる答えもあれば、はてなとあたまをひねるふしぎな答え、
あっと驚く意外な答えや、途方にくれてしまうような答えもあるでしょう。
そうした答えのひとつひとつが、さらなる問いをひきだしてゆくことになります。
なぜって、考えるということは、どこまでも限りなくつづく道なのですから。

このあらたな問いには、答えがでないかもしれません。
それでいいのです。答えというのは、無理してひねりだすものではないのです。
答えなどなくても、わたしたちの心をとらえてはなさない、そんな問いもあるのです。
考えぬくに値する問題がみえてくる、そんなすてきな問いが。
ですから、人生や、愛や、美しさや、善悪といった本質的なことがらは、
いつまでも、問いのままでありつづけることでしょう。

けれど、それを考える手がかりは、わたしたちの目の前に浮かびあがってくるはずです。
その道すじに目をこらし、きちんと心にとめておきましょう。
それは、わたしたちがぼんやりしないように背中をつついてくれる、
かけがえのないともだちなのです。
そして、この本で交わされる対話のつづきを、こんどは自分たちでつくってゆきましょう。
それはきっと、こどもたちだけでなく、われわれおとなたちにも、
たいせつな何かをもたらしてくれるにちがいありません。

オスカー・ブルニフィエ

もくじ

特別付録 重松清の書き下ろし掌篇「おまけの話」が本の最後についています。

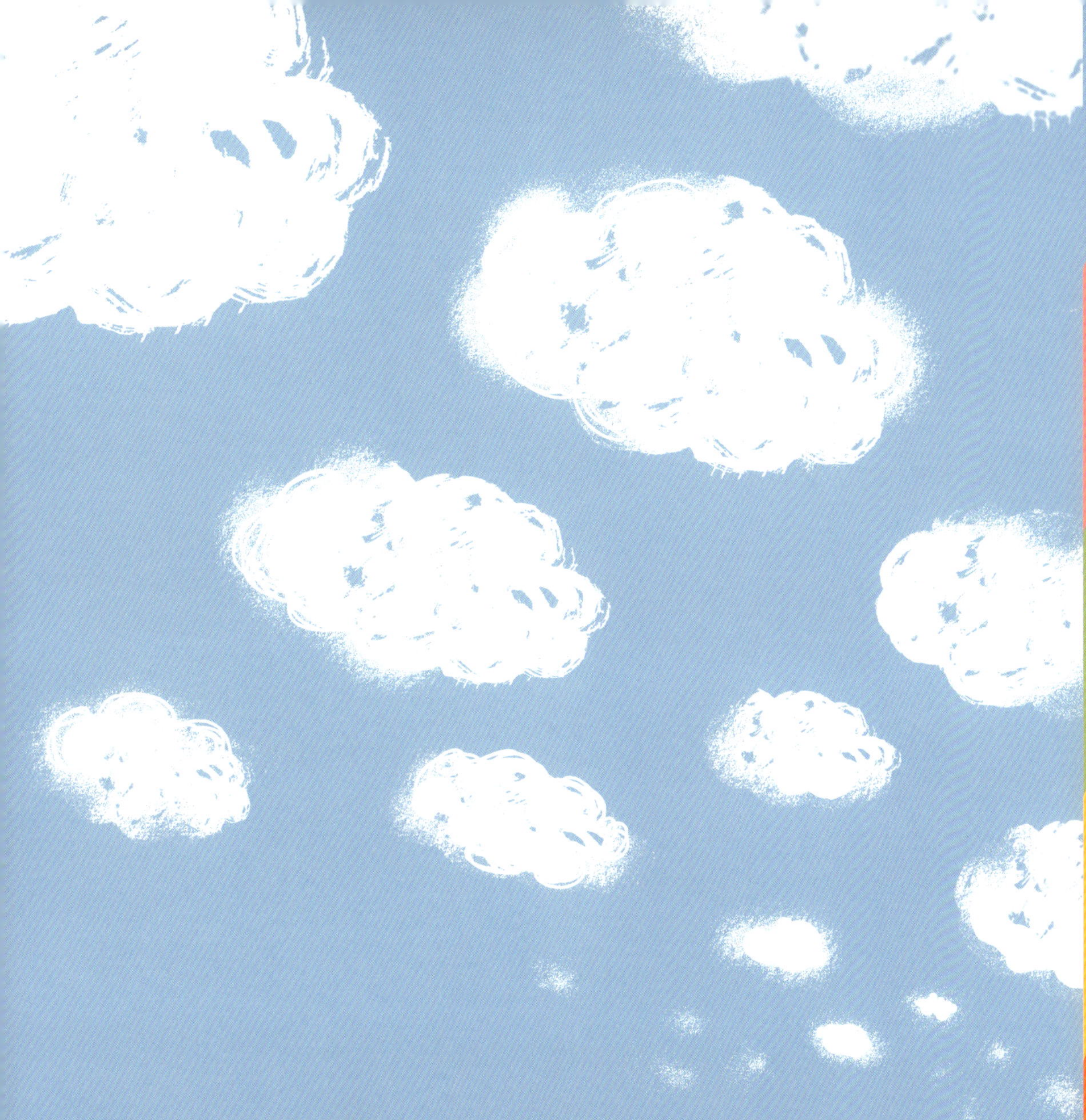

しあわせ、って、どうしてわかる?

しあわせなら、
ぜったいわかるよ。
ココロのおくで。

そうだね、
でも…

「ぼくはしあわせ」って、
自分《じぶん》にうそつくこともあるよね？

わかってないけど、しあわせ
ってこともあるよね？

こころのなかでおきてること
ぜんぶわかるの？

こころより
あたまでわかる
しあわせも、
あるよね？

あとになってわかるんだよ、ふしあわせになったときに。

そうだね、
でも…

あとになって思《おも》いだすのが、
いいことばっかりなだけかもよ？

まえはしあわせだった、って思《おも》うのは、
いまをわすれたいからじゃない？

ふしあわせなときこそ、
自分《じぶん》のこと、よくわかるんじゃない？

いつまでもかわらないしあわせ
って、あるのかな？

世界《せかい》って、すてきだな、
みんないいひと
だな、っておもう
から。

そうだね、でも…

たべるものがなくっても、
せんそうがあっても、
世界《せかい》はすてき？

しあわせだと、
世界《せかい》がありのままに
見《み》えなくならない？

すてきなもの、たのしいものだけ
見《み》ていれば、しあわせ？

世界《せかい》がすてきなのは、
きみがしあわせなときだけ？

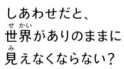

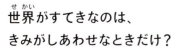

気《き》分《ぶん》いいし、なにしてもわらえるし。

そうだね、
でも…

わらえないけど、しあわせ
ってこと、ない?

しあわせじゃないけど
わらっちゃう、ってことは?

自分《じぶん》のことも、わらえる?

きみのしあわせは、気分《きぶん》しだい?

そうだね、
でも…

しんぱいがなくなったら、
やる気《き》までなくならない?

なんにも、だーれも気《き》にせずに、
しあわせでいられる?

もう、つらいこと
かんがえなくていいし、
しんぱいもないから。

つらさを知《し》らずに、
しあわせになれるかな？

しあわせになるコツは、
なんにも感《かん》じないこと？

しあわせなら、それでいい？
それとも、しあわせだな、って、わかってなきゃだめ？

しあわせを、おなかいっぱいあじわって、だきしめておくには、
きちんと気《き》づいてなきゃ、だめなのかも。
でも、しあわせってなんなのか、よくわからないし、
しあわせなときは、「しあわせ」って思《おも》わない。
ひとあしおくれて気《き》づいたり、うんとあとになって気《き》づいたり。
「しあわせ」って思《おも》うだけで、しあわせになれるとしたら、
きちんと自分《じぶん》におしえてあげなきゃ、「おまえ、しあわせなんだぞ」って。
もちろん、しあわせのしるしだって、ないわけじゃない。
たとえば、はれた空《そら》みたいな気分《きぶん》のとき、しんぱいごとがきえたとき、
みんないいひと！って思《おも》えるとき、なにを見《み》てもわらえるとき、
きみは、こころのおくで、わかってるんだ、「しあわせだな」って。
そういう気《き》もちを、だいじに育《そだ》てていけるといいね。
しゃぼん玉《だま》みたいに、消《き》えてなくならないように。

この問いについて考えることは、つまり…

…しあわせは、いつまでも
かわらないわけじゃないんだ
って、かくごすること。

…しあわせがくれるチャンスを
つかみとること。

…しあわせだろうと
ふしあわせだろうと、
世界《せかい》をしっかり
みすえること。

…気《き》づいてなくても
しあわせ、ってこともあるんだ
って、気《き》づくこと。

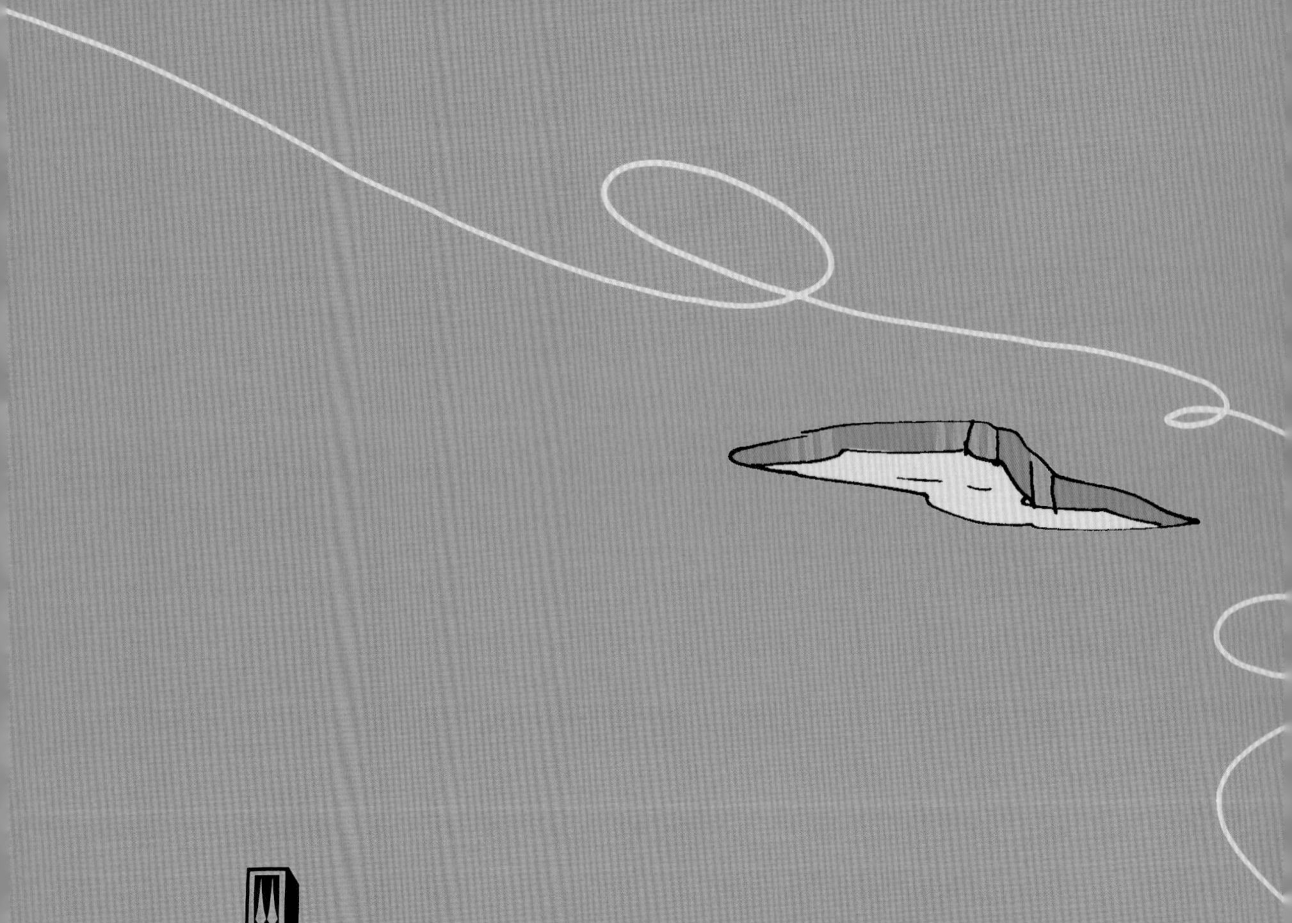

しあわせになるのは、
かんたんなこと？

きづき
ほうほう
もくてき
おかね
かんけい
ふこう

そうね、
あんまり考《かんが》えすぎず、
いまあるもののよさに気《き》づけば。

そうだね、でも…

むずかしい問題《もんだい》とけたら、
しあわせじゃない?

ぽわっとしてなきゃ、
しあわせになれない?

いまあるものが、
しあわせをじゃまする
ことはない?

おおきくなるって、
あたらしいものが
ほしくなることじゃない?

うん、サッカーとか、本《ほん》とか、
チョコレートとか、
むちゅうになれるものが
あれば。

そうだね、でも…

きみがむちゅうになったせいで、
まわりのみんながふこうになったら？

むちゅうになると、
ふまんのタネがふえたりしない？

むちゅうになると、
げんじつがちゃんと見《み》えなくならない？

もしも、きみのそのむちゅうさが、
きえちゃったら？

ううん、ゆっくり身《み》につけて いくものだもの、一生《いっしょう》かけて。

そうだね、
でも…

しあわせになる天才《てんさい》とかも、
いるのかな？

それって、先生《せんせい》がひつよう？
それとも、自分《じぶん》ひとりでがんばるの？

そしたら、あかちゃんは、
おばあちゃんより、ふしあわせ？

しあわせになるための学校《がっこう》が
いくつもあるの？

うん、
自分《じぶん》のしあわせばっかり、
おいかけなければ。

そうだね、でも…

しあわせって、
がんばってさがさなくても
みつかるもの？

しあわせって、
生《い》きるもくてきにも
なったりしない？

自分《じぶん》のしあわせと
ひとのしあわせ、
どっちがだいじ？

きみがしあわせにならないで、
ひとをしあわせになんて、できるかな？

ううん、だって、
しあわせになるには、

そうだね、
でも…

足《た》りないものがなんにもなければ、
ほんとにしあわせ？

なにかが足《た》りない、って、
そう思《おも》うのが、まちがいかもよ？

なにかたりないの。いつだって。

しあわせになるのに、
そんなにいろんなものがひつよう？

なにかをもってるより、さがしてるほうが
しあわせなときもない？

まさか。かんたんだったら、
みんなしってる

そうだね、でも…

しあわせになる方法《ほうほう》と、
しあわせになること、どっちが問題《もんだい》？

しあわせになる方法《ほうほう》って、
だれのもみんな、おんなじなのかな？

しあわせになる方《ほう》法《ほう》、はずだもん。

かんたんなことを、ややこしくしちゃうこと、
おおくない？

しあわせが目《め》の前《まえ》にあるのに、
気《き》づかないことも、けっこうあるよね？

しあわせって、手《て》にいれてみると、
すっごくたんじゅんなものなのに、

手《て》にいれようとあるきだすと、
その道《みち》は、めいろみたいにふくざつで、どこまで行《い》っても、ゴールがみえない。
どうしたら、しあわせをつかめるんだろう？…
… その近道《ちかみち》をさがしつかれて、
ぼくらは、自分《じぶん》がいまもっているもののよさを、見《み》うしない、
もっていないもののことばかり、考《かんが》えるようになる。
足《た》りないもの、うまくゆかないこと、どうにもならないことは、
いつだって、どこにだって、あるだろう。
なにかにむちゅうになってるうちは、そんなことも気《き》にならないだろうけど
いつ、どんなはずみで、ぽっかりあいたそのあなに、気《き》づいてしまうか、わからない。
そんな、ごくあたりまえの「わからなさ」が、ぼくらを、ひどく、ふこうにする。
だから、ゆっくり、身《み》につけてゆこう、
ぼくらがもっているものや、のぞんでいることから、ぼくらを自由《じゆう》にする方法《ほうほう》を。
それから、しあわせのことだけで、あたまがいっぱいにならないようにする方法《ほうほう》も。

この問いについて考えることは、つまり…

…しあわせのタネが、
ふしあわせのタネに
なることもあるんだ
って、気づくこと。

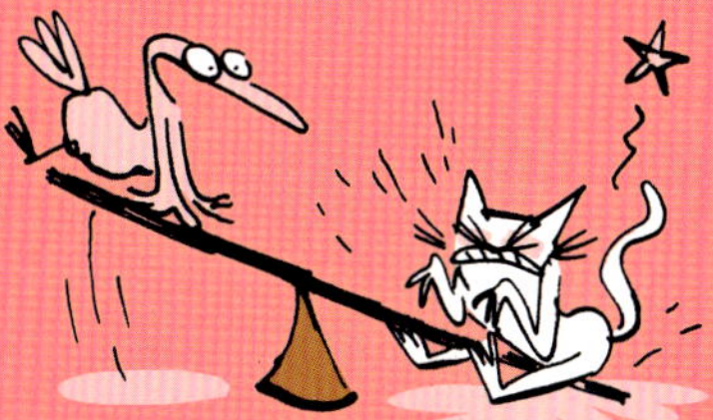

…しあわせも、そしてきみも、
よわくて、こわれやすいんだ
って、あたまに入《い》れておくこと。

…これがほしいとか、
あれが気《き》になるとか、
こころの声《こえ》に
耳《みみ》をかたむけすぎないこと。

…しあわせは、どんどん
かわっていくものなんだ
って、気《き》づくこと。

なにがなんでも、しあわせになりたい？

うん、
でなきゃ、
生《い》きてる意《い》味《み》
ないし。

本体1600円
+
税

書店名

注文数

部

発行所＝朝日出版社
書名＝〈こども哲学〉しあわせって、なに？
著者＝オスカー・ブルニフィエ
訳者＝西宮かおり

ISBN978-4-255-01120-2
C0098 ¥1600E

本体1600円＋税

わるものでも、
しあわせだったら、
ぼくの人生《じんせい》カンペキ！
って、言《い》えるのかな？

生《い》きてる意味《いみ》をみつけなきゃ、
しあわせになれないの？

きづき
ほうほう
もくてき
おかね
かんけい
ふこう

ううん、
しあわせは、さがしに行《い》くより、
やってくるのをまつものなんだ。

そうだね、でも…

きてほしかったら、
いい子《こ》にしてなきゃ、だめ？

しあわせをよびよせるのは、
きみ？ それとも、ぐうぜん？

しあわせのこと、考《かんが》えるのやめなきゃ、
しあわせになれないの？

しあわせになりたい、って思《おも》うの、
やめられる？

きづき
ほうほう
もくてき
おかね
かんけい
ふこう

べつに。
そんなことより、
べんきょうしなきゃ。
ほかに、もっと
だいじなこと
あるし。

そうだね、
でも…

ふしあわせで、
すごいことできるかな？

べんきょうやしごと、がんばったら、
しあわせになれるんじゃない？

がんばってもしょうがない、
って思《おも》ったこと、ない？

がんばるのは、
ふこうからにげるためかもよ？

そうだね、
でも…

きみは？
こまることされたら、ぜったいふこう？

せんそうに行《い》ってるひとは？
しあわせには、なれない？

ううん、ひとをきずつけたり、
だいじにできなかったりしたら、
だめ。

しあわせになるより、
いいことしてるほうがいい？

しあわせになりたい！ って思《おも》ってるとき、
ひとのことまで気《き》にしてられる？

うん、だって、しあわせって、
ほんとの自《じ》分《ぶん》で
いることだから。

そうだね、でも…

ふしあわせなときは、
だれかほかのひとになってるの？

だれかほかのひとになって、
しあわせになりたい！
って、ゆめみたこと、ない？

ぼくらって、
自分《じぶん》でいるの？
自分《じぶん》になるの？

たいへんなときこそ、
ほんとの自分《じぶん》が出《で》たりしない？

そうだね、
でも…

ひとのために生《い》きて、
しあわせになるのは、むり？

たのしさって、その場《ば》で感《かん》じられるけど、
しあわせも、おなじ？

そりゃそうさ、たのしく生《い》きなきゃ、やってらんないよ。

たのしさの先《さき》には、かならず、
しあわせがまっているのかな？

くるしさの先《さき》に、
しあわせはまっていないの？

しあわせだけが、ぼくらの人生《じんせい》を意味《いみ》あるものにし、
ぼくらをかがやかせてくれる——

そんなふうに考《かんが》えているひとは、たくさんいる。
そういうひとは、しあわせになるためなら、なんだってする。
ひとを、ふこうにするようなことだって。
でも、しあわせになりたい、と思《おも》っていれば、なれるんだろうか？
しあわせになりやすいひととかも、いるんじゃないかな？
しあわせにふさわしいひととか、欲《よく》のないひととか。
それに、しあわせをおいかけるうち、ぼくらは、自分《じぶん》のことしか、考《かんが》えなくなる。
そんなことで、ほんとに、いいんだろうか？
「これが、ぼくの人生《じんせい》」って、むねをはれるような人生《じんせい》をおくりたいなら、
もっとたいせつなことをみつけて、とことんやりぬいてみるのは、どうだろう。
それとも、すなおに、ほんとのところは、どうしたいのか、
自分《じぶん》のこころにきいてみるのも、いいんじゃないかな。

この問いについて考えることは、つまり…

…しあわせにも
用心《ようじん》しなきゃ
って、気《き》づくこと。

…しあわせと、たのしみを、
くべつすること。

…自分《じぶん》のことそっちのけでも、
しあわせになれるんだ
って、気《き》づくこと。

…しあわせは、
思《おも》いどおりにならないんだ
って、かくごすること。

おかねがあれば、しあわせ?

うん、おかねがあれば、
おなかいっぱいたべられるし、
けんこうでいられるから。

そうだね、でも…

いっぱいたべて、
いっぱいねたら、
それでしあわせ？

おなかいっぱいになるのが、しあわせ？
いっぱいたべられるのが、しあわせ？

おかねもちは、
びんぼうなひとたちより
けんこう？

びょうきやけがのひとたちは、
しあわせになれないの？

うん、おかねがあれば、したいことなんでも自由《じゆう》にできるもの。

そうだね、でも…

おかねにしばられることだって、ない?

なーんにもしなくていいのが、しあわせ!
ってひとは?

おかねがあれば、手《て》にはいる?
愛《あい》も、才能《さいのう》も、不死身《ふじみ》のからだも?

ほしいものなんにもないほうが、
自由《じゆう》じゃない?

プシューッ

そうだね、
でも…

おかねもちだからって
ちやほやされて、うれしい？

ホームレスはアイドルより
だいじにされなくてあたりまえ？

うん、だって、おかねもってたら、
おしゃれできるし、
だいじにされるでしょ。

はだかでくらすひととか
おしゃれしないひとは、
しあわせになれないの?

まずは自分《じぶん》が、
自分《じぶん》をだいじにするべきじゃない?

ううん、なくすかもとか、
とられるかもとか、
しんぱいになっちゃう。

**そうだね、
でも…**

びんぼうなら、おかねもちより、
しんぱいもすくないの？

おかねって、あんしんよりも
だいじなもの？

ひととわけあえるように
なれないかな？

おかねなくすのって、
そんなにたいへん？

ううん、だって、
もっと、もっと、ってなって、
けんかになるもん。

そうだね、でも…

おかねって、
もらうよりあげるほうが
うれしくない？

これでじゅうぶん、
って思《おも》えるひとに
なれないかな？

おかねもちって、
そんなにうらやましい？

おかねの力《ちから》をかりずに、
しあわせになるのは、むり？

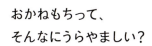

おかねさえあれば、しあわせになれる

って、みんな言《い》うよね。
ほしいものを手《て》に入《い》れて、したいことができる。
長《なが》生《い》きするのも、自《じ》由《ゆう》気《き》ままにくらすのも、えらくなるのも、思《おも》いのまま。
でも、どうだろう、ぼくら、おかねをつかってるつもりで、
おかねにつかわれてたりしないだろうか…
それに、おかねには、ぼくらをふこうにする力《ちから》だってある。
びんぼうになったら、どろぼうにあったら、どうしよう…ってしんぱいしたり、
おかねもちになればなるほど、よくばりになったり、
おかねのことで、やきもちやいたり、けんかしたり…
なやみのタネが、つぎからつぎにわいてきて、
ぼくらのしあわせを、だいなしにする。
ぼくらは、すぐにわすれちゃうんだ、おかねが、目的《もくてき》ではなく方法《ほうほう》であることを。
おかねが、しあわせに近《ちか》づくのを手《て》つだってくれることはあるけど、
おかねで、しあわせを買《か》うことはできないんだよ。

この問いについて
考えることは、
つまり…

…おかねのことを、
こわいとか、すごいとか、
思《おも》いすぎないこと。

…ぼくらをしあわせにしてくれるのは、
モノだけじゃないんだって、気《き》づくこと。

…なにかをほしがる気《き》もちには、またべつのものを
ほしがる気《き》もちがかくれてるんだって、知《し》ること。

…おかねで買《か》えるものは、
いつかなくなるものなんだ
って、あたまに入《い》れておくこと。

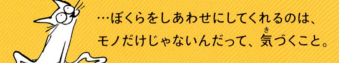

しあわせになるには、
みんながひつよう？

うん、ぼくらをいちばん しあわせにしてくれるのは、愛《あい》だから。

そうだね、
でも…

スキな子《こ》いたら、
やきもちやいたり、
フラれないかしんぱいしたり、
たいへんじゃない？

スキな子《こ》いなかったら、
しあわせになれない？

まずは自分《じぶん》を、
スキになったほうが
いいんじゃない？

きみのことスキな子《こ》は、
いつもきみのしあわせを
いちばんに考《かんが》えてくれてる？

ううん、
ぼくがふこうなとき、みんな、
たすけてくれないもの。

そうだね、でも…

ふこうなとき、
いつでもたすけてもらいたい？

みんながふこうなとき、
きみは、たすけてあげられる？

つらいとき、
かぞくや友《とも》だちが、なぐさめてくれない？

くるしいとき、
そっとしておいてほしいことも、あるよね？

うん、だって、
ちゅうもくされるの、
だいすき
なんだもん。

そうだね、でも…

わるいことして、
注目《ちゅうもく》されることもあるよね？

みんなの目《め》ばかり気《き》にしてて、
しあわせになれるかな？

ぼくはみんなより上《うえ》なんだ！
って思《おも》わなきゃ、しあわせになれない？

自分《じぶん》のダメさもみとめなきゃ、
しあわせにはなれないんじゃない？

うん、ひとの役《やく》にたちたいからね。

そうだね、でも…

みんなをよろこばせようとするのは、
きみがすかれるためじゃない?

どんなときでも、
あらゆるひとの役《やく》にたちたい?

だれもきみの役《やく》にたってくれなかったら?
それでも、だれかの役《やく》にたちたい?

ひとの役《やく》にたってるって思《おも》えないと、
しあわせになれないの?

うん、ひとりでゲーム してるほうがいい。 みんなよぶと、 こわされるし。

そうだね、でも…

みんなとあそんで、
たのしかったこと、ない？

きみとはあそばないよ
って、言《い》われたいの？

きみよりパソコンくわしい子《こ》だって、
いるかもよ？

みんなを信用《しんよう》できなくて、
しあわせになれるかな？

ひとりぼっちは、どんなふこうより、いちばんつらい

って、みんな思《おも》ってる。

みんなにすかれて、かこまれて、ちゅうもくされてなきゃ、

しあわせになんかなれない、って。

ひとりぼっちは、つまらない。

ぼくらは、うんざりして、こころのなかで、さけびだす。

だれか、たすけて！　話《はなし》をきいて！　なぐさめて！…って。

そんなとき、だれもいなかったり、いても、わかってくれなかったりすると、

ぼくらは、がっかりして、ふこうのどん底《そこ》に、つきおとされる。

でも、そこで、こう考《かんが》えてみたらどうだろう。

ぼくらはひとを、あてにしすぎてるんじゃないのかな、って。

生《い》きることも、くるしむことも、だれにも、かわってもらえないのに。

自分《じぶん》のことしか、考《かんが》えてないじゃないか！って、だれかをせめたくなったときは、

そのことばをそのまま、自分《じぶん》に向《む》けてみたら、どうだろう。

みんなとうまくつきあえるようになったその先《さき》に、しあわせがあるとしたら、

きちんと知《し》っておかなきゃね、みんなはきみに必要《ひつよう》ないのか、

それから、みんなにきみは必要《ひつよう》なのかも。

この問いについて
考えることは、
つまり…

…ひとりぼっちもわるくない
って、思《おも》えるようになること。

…たいせつにされたいなら、
たいせつにできなきゃ
って、気《き》づくこと。

…相手《あいて》の話《はなし》がちぐはぐでも、ぼくはどうかな、って
考《かんが》えながら、じっくり聞《き》けるようになること。

…みんなが見《み》ていようと、
見《み》ていまいと、
きちんとできるようになること。

どうして、ときどき、ふこうになるの？

人《じん》生《せい》は、わたし

そうだね、でも…

死《し》ぬこと考《かんが》えたら、
せいいっぱい生《い》きなきゃ、って思《おも》わない？

死《し》なんて、どうでもいいや
って思《おも》うのは、むり？

思《おも》いどおりにならないし、
たちみんな、しぬもの、
いつか。

自分《じぶん》の人生《じんせい》や死《し》について、
ぼくたち、なんにもできないのかな？

思《おも》いどおりにならないこともあるんだ
って、みとめるしかないんじゃない？

これまでのことに
くよくよして、
これからのことに
びくびくしてるから。

そうだね、
でも…

未来《みらい》には、
わくわくもできるんじゃない？

どっちにしても、
人生《じんせい》、きめられてるんじゃない？

いまを生《い》きることには、
びくびくしないの？

過去《かこ》ときちんと向《む》きあえば、
いまの生《い》き方《かた》、よくなるかもよ？

なんでもかんでも、いますぐ ほしくなっちゃうせいだよ。

そうだね、でも…

ゆっくり時間《じかん》をかけてなにかするのは、
しあわせじゃないの？

したいこと、いますぐ
したくなっちゃうのは、
なぜだろう？

あきらめがよくならないと、
しあわせになれない？

モノへのこだわり、すてないと、
しあわせになれない？

気《き》分《ぶん》もかんがえも、ころころかわるからでしょ。

そうだね、でも…

いろいろだから、
人生《じんせい》、たのしくなるんじゃない？

いちどもった考《かんが》えは、
しんじられなくなっても
かえちゃだめ？

きみの気分《きぶん》や考《かんが》えがかわるの、
きめてるのは、だれ？

かわっていくから、
ぼくたち、おとなになれるんじゃない？

そうだね、でも…

げんじつが、ゆめをおいこす
ことあるよね？

ゆめのおかげで、げんじつが
らくになることもあるんじゃない？

ゆめとげんじつが、
いっしょじゃないから。

そこでかえなきゃならないのは、
ゆめ？ それとも、げんじつ？

ゆめのおかげで、
もくひょうができることだって、ない？

パァン！

世界《せかい》はふこうへいで、ふこうなひとたちでいっぱいだから。

そうだね、でも…

世界《せかい》のことなんてほっといて、
自分《じぶん》の人生《じんせい》、たのしんだら？

世界《せかい》はもっとよくなるはず、って、
きぼうをすてなきゃいいんじゃない？

だからって、きみがふこうになれば、
みんなはいまよりしあわせになれるの？

きみが生《い》きてるこの世界《せかい》は、
きみもささえているんじゃない？

ときどき、ふっと、なにもかも
自分《じぶん》からはなれていってしまうような気《き》がして、

ぼくらは、どうしていいか、わからなくなる。
出来事《できごと》はいつもひょっこりおきるし、時間《じかん》はどんどんすぎていくし、
気分《きぶん》はころころかわっていく…
そんなかみさまの気《き》まぐれに、ふりまわされて、
はっきりしない未来《みらい》を、くるしみや死《し》を、ぼくらはおそれる。
いまあるものに、死《し》にものぐるいでしがみつき、
したいことぜんぶして、ほしいものみんな手《て》にいれなきゃ、って、あせってる。
かなうかどうか、わからないのに…
それって、自分《じぶん》がなにをしたいのか、なにをほしいのか、
きちんとわかっていないからかも。
世界《せかい》がどんより見《み》えてくると、ぼくらは手《て》もなく、あきらめて、
この世《よ》はじごくだ…って、思《おも》いこむ。
そして、かなうはずのないゆめの世界《せかい》へ、にげこんでしまうんだ。
げんじつに、立《た》ちむかうのが、こわいから。

この問いについて
考えることは、
つまり…

…ふしあわせは、しあわせをとおざけるものじゃないんだって、気《き》づくこと。

…世界《せかい》は、なるようにしかならないんだって、受《う》けいれること。

…ぼくらの力《ちから》でかえられることと、どうにもならないこととのちがいを見《み》きわめること。

…生《い》きていくって、きけんに立《た》ちむかっていくことなんだって、かくごすること。

オスカー・ブルニフィエ

哲学の博士で、先生。おとなたちが哲学の研究会をひらくのをてつだったり、こどもたちが自分で哲学できる場をつくったり、みんなが哲学となかよくなれるように、世界中をかけまわってがんばってる。これまでに出した本は、中高生向けのシリーズ「哲学者一年生」(ナタン社)や『おしえて先生！ 論理学』(スイユ社)、小学生向けのシリーズ「こども哲学」、「哲学のアイデア」、「はんたいことばで考える哲学の本」(いずれもナタン社)、「てつがくえほん」(オートルモン社)、先生たちが読む教科書『話しあいをとおして教えること』(CRDP社)や『小学校教育における哲学の実践』(セドラップ社)などなど、たくさんあって、ぜんぶあわせると35もの国のコトバに翻訳されている。世界の哲学教育についてユネスコがまとめた報告書『哲学、自由の学校』にも論文を書いてるんだ。

http://www.pratiques-philosophiques.fr

カトリーヌ・ムリス

カトリーヌ・ムリスは、絵の勉強をしてるときに、**しあわせ**をみつけた。それをすかさずつかまえて、いまでは、こどもの本にさし絵を描いたり、ニュースをイラストにして新聞や雑誌にのせたりして――ニュースには、**ふしあわせ**なのもあるけど――、**しあわせ**な毎日をおくっている。仕事のおかげで、とってもしあわせだけど、それは、すごくたいへんなことで、ちょっと運がいいくらいじゃ、手にはいらないんだ、ってことも、カトリーヌにはわかってる。イラストレーターって仕事は、現実がちゃんと見えていて、それでいて、現実なんか気にせず夢を見られるひとにしか、できないことだから。いつでも、エンピツでさらっと描くだけで、カトリーヌの絵みたいにごきげんになれたら、ほんと、**しあわせ**なんだけどね…

西宮かおり

東京大学卒業後、同大学院総合文化研究科に入学。社会科学高等研究院(フランス・パリ)留学を経て、東京大学大学院総合文化研究科博士課程を単位取得退学。訳書に『思考の取引』(ジャン＝リュック・ナンシー著、岩波書店)、『精神分析のとまどい』(ジャック・デリダ著、岩波書店)、「こども哲学」シリーズ10巻(小社刊)などがある。

「でも……」

それより、とパパは広場《ひろば》を見回《みまわ》しながら「なつかしいなあ」と言《い》った。「この動物園《どうぶつえん》、昔《むかし》、来《き》たことがあるんだ」

「そうなの?」

「いまの翔太《しょうた》より、もうちょっと小《ちい》さな頃《ころ》かな。おばあちゃんに連《つ》れて来《き》てもらったんだ。おばあちゃんも若《わか》くて、ママみたいに美人《びじん》だったんだぞ」

いたずらっぽく言《い》って、「ずーっと、ずーっと昔《むかし》の話《はなし》だけどな」と笑《わら》った。声《こえ》は明《あか》るかったのに、目《め》が合《あ》うと、パパの笑顔《えがお》はどこか寂《さび》しそうにも見《み》えた。

「お、キリンがこっちに来《き》たぞ」

パパはぼくに背中《せなか》を向《む》けて、近《ちか》づいてきたキリンの顔《かお》を見上《みあ》げ、「背《せ》が高《たか》いよなあ……」とつぶやいた。

そのまま、パパはしばらく動《うご》かなかった。背中《せなか》に声《こえ》をかけると、返事《へんじ》の代《か》わりに、なにか聞《き》こえた。

ハナをすする音《おと》だった。肩《かた》も小刻《こきざ》みにふるえていた。

きっと、気《き》のせいだと思《おも》うけど。

しげまつ・きよし――1963年生まれ。早稲田大学教育学部卒。出版社勤務を経て執筆活動に入る。ライターとして幅広いジャンルで活躍し、91年に『ビフォア・ラン』で作家デビュー。99年『ナイフ』で坪田譲治文学賞、『エイジ』で山本周五郎賞、2001年『ビタミンF』で直木賞、10年『十字架』で吉川英治文学賞、14年『ゼツメツ少年』で毎日出版文化賞を受賞。著書に『流星ワゴン』『疾走』『きみの友だち』『青い鳥』『とんび』『希望の地図』『きみの町で』『木曜日の子ども』など多数。

グループホームの介護士《かいごし》さんは、みんな優《やさ》しい。車椅子《くるまいす》に座《すわ》るおばあちゃんと話《はな》すときには、いつもしゃがんで目《め》の高《たか》さを合《あ》わせる。おばあちゃんの昔《むかし》ばなしを聞《き》くときも、背中《せなか》をさすったり手《て》を握《にぎ》ったりしながら、どんなに繰《く》り返《かえ》しばかりになっても、笑《え》顔《がお》であいづちを打《う》ってくれる。

「認知症《にんちしょう》になって、いろんなことを忘《わす》れてしまうのは、ふしあわせだよ。でも、おばあちゃんのカサカサの手《て》を握《にぎ》ってくれるひとがいるのは、しあわせだ」

あ、そっか、と思《おも》った。しあわせとふしあわせは、どっちかに決《き》めてしまえるものじゃないのかもしれない。

「おばあちゃんは翔太《しょうた》にキーホルダーをもらって、大喜《おおよろこ》びしてただろう？　それは翔太《しょうた》が、なにがいいか考《かんが》えて、迷《まよ》って、選《えら》んでくれたからなんだ。自分《じぶん》のために一所懸命《いっしょけんめい》になってくれるひとがいるって、しあわせだよ、ほんとに」

サンキュー、とお礼《れい》を言《い》われると、むしょうに照《て》れくさくなった。思《おも》わず「パパと間違《まちが》えられちゃったけどね」と言《い》ってしまった。ひねくれてる。意地悪《いじわる》でもある。自分《じぶん》でもすぐに後悔《こうかい》した。

でも、パパは怒《おこ》らなかった。「がっかりだったよな」と苦笑《くしょう》して、

「でも、おばあちゃんの顔《かお》、しわくちゃの、いい笑顔《えがお》だったと思《おも》わないか？」と言《い》った。思《おも》う。ぼくはうなずいて、小《ちい》さな声《こえ》で

「……ごめんなさい」と言《い》った。

「謝《あやま》ることないさ」

——ほんとだ、ダチョウがお兄《にい》さんの背中《せなか》をくちばしでツンツン突《つ》っついているのは、遊《あそ》んでよ、遊《あそ》んでよ、とせがんでいるみたいに見《み》える。

「飼育員《しいくいん》さんはみんな、病気《びょうき》になったら徹夜《てつや》で看病《かんびょう》して、赤《あか》ちゃんが生《う》まれたら涙《なみだ》を流《なが》して喜《よろこ》んで……動物《どうぶつ》のために一所懸命《いっしょけんめい》がんばってくれてるんだよな」

「うん……」

「アフリカにいるのと動物園《どうぶつえん》にいるのと、どっちがしあわせかなんて、わからない。たぶんシマウマ本人《ほんにん》にもわからないんじゃないかな」

　でも、とパパは続《つづ》けた。

「ここには、自分《じぶん》のことを大切《たいせつ》に思《おも》ってくれる飼育員《しいくいん》さんたちがいる。それは、ぜーったいに、しあわせだ」

　まるでいまの言葉《ことば》に返事《へんじ》をするみたいに、柵《おり》の近《ちか》くにいたシマウマがしっぽをブルッと振《ふ》った。

「おばあちゃんもそうだよ」

　急《きゅう》に話《はなし》が変《か》わった。きょとんとするぼくに、パパは、子《こ》どもの頃《ころ》にインフルエンザで寝込《ねこ》んだときのことを教《おし》えてくれた。おばあちゃんは高熱《こうねつ》にうなされるパパの手《て》を夜通《よどお》し握《にぎ》って、看病《かんびょう》してくれたのだという。そのときのおばあちゃんの手《て》の感触《かんしょく》を、パパはいまでもおぼえているらしい。

「でも、いまは、おばあちゃんが手《て》を握《にぎ》ってもらう番《ばん》だ。翔太《しょうた》も今日《きょう》、見《み》ただろう？」

い？　どっちだ？」
不意《ふい》に聞《き》かれて、「えーっ」と声《こえ》をあげた。どうなんだろう、どうなんだろう、と考《かんが》えてみたけど、そんなの急《きゅう》に言《い》われても、すぐには答《こた》えられない。

「パパは？」

聞《き》き返《かえ》すと、パパはシマウマを見《み》つめたまま「どっちなんだろうなあ、パパにもよくわかんないな」と言《い》った。

ぼくはまた「えーっ」と声《こえ》をあげる。今度《こんど》はブーイングっぽく。自分《じぶん》でも答《こた》えがわからないのに聞《き》いてくるなんて、ずるい。でも、パパが「アフリカにいたほうがしあわせだ」と言《い》っても、逆《ぎゃく》に「動物園《どうぶつえん》のほうがしあわせだ」と言《い》っても、ぼくは心《こころ》の半分《はんぶん》で「だよね」と納得《なっとく》しながら、残《のこ》り半分《はんぶん》では「そうかなあ？」と首《くび》をひねっていただろう。

飼育員《しいくいん》のお兄《にい》さんとお姉《ねえ》さんが干《ほ》し草《くさ》を一輪車《いちりんしゃ》にのせて運《はこ》んできた。ごはんの時間《じかん》だ。やっぱり、なにもしなくてもごはんが出《で》てくるのって、しあわせかも。あ、でも、生《い》きるたくましさを奪《うば》われて、かえってふしあわせなのかも。どっちなんだろう。ほんとうに、どっちなんだろう……。

二人《ふたり》の飼育員《しいくいん》さんは干《ほ》し草《くさ》を置《お》いたあとも広場《ひろば》に残《のこ》って、ごはんを食《た》べるシマウマや散歩中《さんぽちゅう》のキリンの一頭《いっとう》ずつに近寄《ちかよ》って、声《こえ》をかけたり体《からだ》をなでたりしていた。

「具合《ぐあい》が悪《わる》くないか、ああやって確《たし》かめてるんだよ」

パパが教《おし》えてくれた。「あと、遊《あそ》び相手《あいて》にもなってるのかもな」

広場《ひろば》を散歩《さんぽ》して、池《いけ》にはペリカンもいて、いま、シマウマの一頭《いっとう》がぼくたちのすぐ目《め》の前《まえ》に歩《ある》いてきた。

「しあわせって、なんなんだろうなあ」

パパはのんびりした声《こえ》で言《い》った。「え？」と聞《き》き返《かえ》すぼくにニッと笑《わら》ってから、その笑顔《えがお》をシマウマに向《む》けた。

「なあ、翔太《しょうた》。シマウマって、もともと、どこにすんでるんだっけ」

「アフリカでしょ？」

「だよな。広《ひろ》ーいサバンナだ。で、ここはどこだ？」

「……ニッポン」

「そう、遠《とお》いニッポンに連《つ》れて来《こ》られて、狭《せま》ーい動物園《どうぶつえん》の柵《おり》の中《なか》に閉《と》じ込《こ》められてるわけだよな」

言《い》われてみると確《たし》かにそのとおりだ。水《みず》飲《の》み場《ば》で水《みず》を飲《の》む姿《すがた》も、しょんぼりとうつむいているように見《み》えてきた。

「でも、ここにいれば、ライオンに襲《おそ》われる心配《しんぱい》はないし、食《た》べるものがなくて飢《う》え死《じ》にすることもないよな。病気《びょうき》になったら獣《じゅう》医《い》さんだっている。シマウマみたいに弱《よわ》い動物《どうぶつ》も安心《あんしん》して生《い》きていけるよ」

いまの話《はなし》も、確《たし》かにそのとおりだ。大《おお》きなシマウマと小《ちい》さなシマウマが並《なら》んで立《た》っている。お母《かあ》さんと子《こ》どもなのかな。もしも子《こ》どもシマウマがライオンに襲《おそ》われたら、お母《かあ》さんシマウマはどれほど悲《かな》しむのか……想像《そうぞう》すると、ぼくまで泣《な》きそうになってしまった。

「翔太《しょうた》は、動物園《どうぶつえん》のシマウマってしあわせだと思《おも》う？　思《おも》わなおばあちゃんは何年《なんねん》も前《まえ》から認知症《にんちしょう》をわずらっている。いまがいつなのか、ここがどこなのか、目《め》の前《まえ》にいるひとがだれなのか、そして自分《じぶん》がだれなのか……わからなくなってしまった。

そんなおばあちゃんと年《ねん》に何度《なんど》か会《あ》うたびに、パパやママに聞《き》きたくなることがある。いままではグッとこらえて黙《だま》っていたけど、今日《きょう》は言《い》っちゃおう。口《くち》に出《だ》せるタイミングがあったら、もう、がまんせずに言《い》おう。それを逃《のが》してしまうと、またずっと言《い》えないままになりそうだし。

だからぼくは、動物園《どうぶつえん》の駐車場《ちゅうしゃじょう》にとめた車《くるま》から降《お》りて、パパと二人《ふたり》でチケット売《う》り場《ば》まで歩《ある》いているときに、よし、いまだ――と、言《い》った。

「ねえ、パパ。おばあちゃんって、いま、しあわせなのかなあ。みんなのことをどんどん忘《わす》れちゃって、長生《ながい》きしても全然《ぜんぜん》しあわせじゃないような気《き》がしない？」

怒《おこ》られるかも。覚悟《かくご》はしていた。でも、パパは「んー？」と寝言《ねごと》のような声《こえ》を出《だ》したきり、なにも答《こた》えなかった。券売機《けんばいき》でチケットを買《か》っている間《あいだ》も、そう。園内《えんない》に入《はい》ってからも、ぼくの質問《しつもん》なんて忘《わす》れてしまったみたいに、Ｊリーグやバトルゲームやスーパー戦隊《せんたい》のことしか話《はな》さない。

どうしたんだろう。歩《ある》き方《かた》もヘンだ。動物《どうぶつ》を見《み》に来《き》たはずなのに、園舎《えんしゃ》には目《め》もくれずに通路《つうろ》をずんずん進《すす》む。

奥《おく》まったところにある園舎《えんしゃ》で、パパはやっと足《あし》を止《と》めた。『サバンナ園《えん》』と案内板《あんないばん》が出《で》ている。キリンやシマウマやダチョウが

「ちょっと寄《よ》り道《みち》して、動物園《どうぶつえん》に行《い》ってみるか」

車《くるま》を運転《うんてん》しながらパパが言《い》った。

少《すこ》しだけ遠回《とおまわ》りをすれば、小《ちい》さな動物園《どうぶつえん》がある。パンダやコアラのような人気者《にんきもの》の動物《どうぶつ》はいないから、ぼくはどっちでもよかった。でも、パパは、ぼくが返事《へんじ》をしないうちに「よーし、じゃあ、行《い》こう」と張《は》り切《き》った声《こえ》で言《い》って、直進《ちょくしん》するはずだった交差点《こうさてん》で左折《させつ》のウインカーを出《だ》した。

ぼくに気《き》をつかって、元気《げんき》づけたいんだ。わかる。ぼくはさっきからずーっと黙《だま》り込《こ》んでいた。パパに話《はな》しかけられても「うん」か「ううん」しか答《こた》えなかった。怒《おこ》っていたし、落《お》ち込《こ》んでもいた。おばあちゃんに会《あ》いに行《い》った帰《かえ》り道《みち》は、いつも、こうなってしまう。

おばあちゃんは今日《きょう》も、ぼくとパパをまちがえた。ぼくの名前《なまえ》は「翔太《しょうた》」なのに、何度《なんど》も「ケイちゃん」と呼《よ》んだ――パパの名《な》前《まえ》が「圭一《けいいち》」だから。

今日《きょう》は小学校《しょうがっこう》の修学旅行《しゅうがくりょこう》のおみやげを渡《わた》しに、パパと二人《ふたり》で、おばあちゃんが暮《く》らしているグループホームに出《で》かけた。おみやげのキーホルダーを、おばあちゃんはとても喜《よろこ》んでくれた。ぼくもうれしかった。売店《ばいてん》でさんざん迷《まよ》ったすえに選《えら》んだんだから。

でも、おばあちゃんは「ありがとうね、ありがとうね」と何度《なんど》も言《い》ったあと、ぼくの頭《あたま》をなでながら、続《つづ》けた。

「ケイちゃんのおみやげ、おかあさん、ずーっと大切《たいせつ》にするからね」

おまけの話

重松清

フランスでは、自分をとりまく社会についてよく知り、自分でものごとを判断できる人になる、つまり「良き市民」になるということを、教育のひとつの目標としています。
そのため、小学校から高校まで「市民・公民」という科目があります。
そして、高校三年では哲学の授業が必修となります。
高校の最終学年で、かならず哲学を勉強しなければならない、とさだめたのは、かの有名なナポレオンでした。およそ二百年も前のことです。
高校三年生の終わりには、大学の入学試験をかねた国家試験が行なわれるのですが、ここでも文系・理系を問わず、哲学は必修科目です。
出題される問いには、例えば次のようなものがあります。
「なぜ私たちは、何かを美しいと感じるのだろうか？」
「使っている言語が異なるからといって、お互いの理解がさまたげられるということがあるだろうか？」
これらの問題について、過去の哲学者たちが考えてきたことをふまえつつ、自分の意見を文章にして提示することが求められるのです。
当たり前とされていることを疑ってみるまなざしと、ものごとを深く考えてゆくための力をやしなうために、哲学は重要であると考えられています。

編集部

こども哲学　しあわせって、なに？

2019年5月30日　初版第1刷発行

文　オスカー・ブルニフィエ
訳　西宮かおり
絵　カトリーヌ・ムリス
日本版監修　重松 清
日本版デザイン　吉野 愛
描き文字　阿部伸二（カレラ）
編集　鈴木久仁子　大槻美和（朝日出版社第2編集部）
発行者　原 雅久
発行所　株式会社朝日出版社
〒101-0065 東京都千代田区西神田3-3-5
TEL. 03-3263-3321 / FAX. 03-5226-9599
http://www.asahipress.com
印刷・製本　図書印刷株式会社

ISBN978-4-255-01120-2 C0098
© NISHIMIYA Kaori, ASAHI PRESS, 2019 Printed in Japan

乱丁・落丁の本がございましたら小社宛にお送りください。送料小社負担でお取り替えいたします。
本書の全部または一部を無断で複写複製（コピー）することは、著作権法上での例外を除き、禁じられています。